Poemas Transcendentes
Poemas Imanentes
Poemas...

Israel Klabin

Poemas Transcendentes
Poemas Imanentes
Poemas...

Copyright © 2014 Israel Klabin

EDITOR
José Mario Pereira

EDITORA ASSISTENTE
Christine Ajuz

REVISÃO
Miguel Barros

PRODUÇÃO
Mariângela Felix

IMAGENS DE CAPA E QUARTA CAPA
Maria Klabin

DESIGN DE CAPA
Miriam Lerner

DIAGRAMAÇÃO
Arte das Letras

CIP-BRASIL. CATALOGAÇÃO NA FONTE.
SINDICATO NACIONAL DOS EDITORES DE LIVROS, RJ.

K69p

    Klabin, Israel
    Poemas transcendentes, poemas imanentes, poemas... / Israel Klabin. – 1ª ed. – Rio de Janeiro: Topbooks, 2014.
    114 p.; 23 cm.

    ISBN 978-85-7475-246-4

    1. Poesia brasileira. I. Título.

14-17599   CDD: 869.91
                                                                                        CDU: 821.134.3(81)-1

TODOS OS DIREITOS RESERVADOS POR
Topbooks Editora e Distribuidora de Livros Ltda.
Rua Visconde de Inhaúma, 58 / gr. 203 – Centro
Rio de Janeiro – CEP: 20091-007
Telefax: (21) 2233-8718 e 2283-1039
topbooks@topbooks.com.br/www.topbooks.com.br
Estamos também no Facebook.

SUMÁRIO

Israel Klabin, o poeta – Domício Proença Filho 9

ELEMENTOS

A Transfiguração 15
Poema 16
Elegia 17
Ouvi a Noite 20
Soneto I 21
Reconhecimentos 22
Soneto IV 24
Rodin 25
Berceuse 26

ELÊUSIS

Thria 29
Rharian 33
Hoje é cinza... 37
Orgas 38

JONÍADA

Tharsis 43
Nínive 46
O Grande Peixe 50
Kikaion 55

POEMAS TRANSCENDENTES

Para seres marinheiro (...) 61
A uma flor 62
Pedra 64
Prece (máscara) 105
Retorno 107

Carta ao meu editor 111

ISRAEL KLABIN, O POETA

Domicio Proença Filho

Israel Klabin, o empresário dinâmico, o administrador, o homem público preocupado com ecologia e sustentabilidade, o cidadão brasileiro de marcada presença nacional e internacional, escondia, avaramente, um signo raro do tecido de sua persona: a sua condição de poeta. Talvez por considerar-se "pobre de poemas" ou pela consciência da complexidade do fazer poético. Este livro comprova que essas possíveis motivações seriam infundadas. E, nesse sentido, é altamente revelador.

Os textos que o integram inserem-se na linhagem lírico-reflexiva, de preocupação existencial.

A maioria das composições nucleariza-se, confessadamente, nos espaços da transcendência e do mistério da condição humana: "Traço no mistério/o sentir do mistério/ labirinto sem regresso/ som percutido, que volta" (p. 93).

As apóstrofes dos primeiros textos revelam uma assumida agressividade. Deixam depreender, entretanto, a angústia da dúvida e do medo. Exemplifico: "Por que hei de estranhar revivescências/E amar o que apodreceu/ Em teus lábios mortos, oh Deus?/Se no caos que inventaste/Os olhos e os simples pássaros/Nunca mais resplandecerão,/por que hei de esperar-te, oh Deus,/se as trompas já alardeiam/minha própria morte?//Recuso-me à adoração" (p. 17).

Alguns poemas, num diálogo com o Caos, configuram um mergulho na neblina do Cosmos. No silêncio do texto, a sofrida solidão: "E a ilha, alaranjada/ensolarada e cômica/ silhueta marrom contra o vento. / E ninguém... // A claridade é tal que não mais vemos/o soluço/o grito. / Fica apenas boiando nas ondas/ o náufrago, nadador e viajor / que volta ao útero do mar" (p. 94).

Na compensação, o amor, entre o abstrato e o concreto, configurado, por exemplo, no "Soneto IV".

Os poemas, em consonância com o título do livro, transitam, efetivamente, da imanência à transcendência.

A marca da singularidade ganha maior vulto na sua prosa poética. Nela se destaca ainda mais a associação da mitologia com a tradição religiosa, assumidas por um timoneiro que conhece, e bem, os mapas e os rumos da navegação nessas águas densas. Em profundidade. Ao fundo, acentuada, a angústia existencial, as reflexões de caráter metafísico.

Nessa prosa altamente elaborada, evidencia-se também a consciência dividida entre Deus e o Nada, inquirições diaceradoras. Para além do ser individual, na direção do Ser, como convém à arte literária representativa.

A dimensão hermética de que se reveste decorre da natureza da mensagem abrigada no silêncio dos textos. Vale lembrar, como já disse alguém, que "o hermetismo é uma tentativa desesperada de ser claro".

O poeta, a propósito, vale-se de títulos e explicitações indiciadores, num procedimento didatizante: Elêusis (que engloba Thria, planície fértil batida por fortes ventos); Rharian (Onde Deméter plantou as primeiras sementes de trigo) e Orgas (Colina plantada com árvore consagrada); Joníada abrange Tharsis (A Proposição), Nínive (Nas mãos e nos pés vivia a cidade e as almas), O Grande

Peixe (Eu sei) e Kikaion (A árvore da sombra). Os Poemas Transcendentes associam versos e prosa poética, mantida a atmosfera dominante na obra.

Na culminância, o conflito configurado ao longo dos textos é amenizado pela distensão do dilaceramento. O eu lírico assume a identificação com a contingência humana e a consciência da natureza do percurso. Suaviza-se a angústia existencial diante do Encontro pacificador. Ao fundo, dimensões religiosas e sagradas. Os versos de "Retorno" são, nesse sentido, altamente significativos: "Pressinto o arfar de túmidas lágrimas de saudade e memória de tua presença// Não te choro pelo que me faltas hoje/mas pela estrada que me deste./Salvaste-me, criando o pecado e a mim concedendo-as, /pesada e agrilhoante.//...Ensinaste-me a presença/em todos os seres que passam/ e em todos os seres que ficam"...

As estrofes finais, com suas maiúsculas significativas, são ainda mais clarificadoras: "Sei que o homem é fraco para transmitir/toda a mensagem do Senhor/ e Tu escolheste a mim, indigno de tua confiança/para ser portador da luz/e dizer a verdade/ e construir a verdade. // Serei até onde Tu foste/ pois antevejo a claridade e a música/ de novamente nascer de Ti e contigo fusionar-me/ para engrandecer nossas origens/ e tornar-me Teu irmão" (p. 109).

Presentifica-se, sub-reptícia, num processo identificatório, a adoração antes recusada.

No trabalho na linguagem, gradativamente elaborada, destaca-se o aproveitamento do discurso próprio dos livros sagrados. Destaca-se, no âmbito da imagística, o emprego altamente expressivo das reiterações e das antíteses.

Trata-se de poemas e textos em prosa poética para iniciados, como os leitores especialíssimos, cujos testemunhos figuram no livro. As chaves do sentido abrigam-se nos títulos, nas epígrafes, nas referências aos discursos religiosos e míticos com que o discurso do poeta dialoga criticamente.

Israel Klabin entende do ofício. Este livro o testemunha.

ELEMENTOS

A Transfiguração

A parede de música cresceu
cercando-me. E eu olhei.
E de joelhos, quase liberto,
tornei-me alga. E mergulhei.
O esquecimento dos beijos
penetrou o peito. E eu fui.

Mãos corriam, porém
não me tocavam,
olhares viam-me,
penumbra. E, como
nuvem parada, existi
mais do que nunca.

Os contornos incertos,
os avivava
e no traço seguro
a morte era pura
como a própria criação.

Os anjos corriam
e eu, perdido, os ignorava
e nem passados
nem futuros.

Talvez nem mesmo presente.

Poema

Oh, quem me percebe, de longe
dentre a bruma do imperfeito?
Quem me lança entre as cores
e voa comigo, sem a carne,
farrapo louco, sem cor, sem sopro?
Quem sempre me beija
e me possui inteiro,
sem ter sequer nascido?

(Quisera envolver-te em lágrimas
densas e dormir contigo, letargo,
e trazer-te, humana, do céu antigo
e saciar a sede dos meus beijos.)

Oh, quem sofre comigo
irmão na dor mortal
do ser inválido, satélite, apenas,
no giro feroz que enlaça
coração e ventre?

Elegia

I

Por que hei de estranhar revivências
e amar o que apodreceu
em teus lábios mortos, oh Deus?
Se no caos que inventaste
os olhos e os simples pássaros
nunca mais resplandecerão,
por que hei de esperar-te, oh Deus,
se as trompas já alardeiam
minha própria morte?

Recuso-me à adoração.

Morto, os círculos serão cubas de vidro.
Apenas meus olhos restarão no espaço rebelde
de tua fronte, como amplexos de luz.
Teu "Ser" no fim dos tempos,
até onde irei, soldado ensanguentado,
em marcha fatigada,
eu, que combati o bom combate.
Eu te acharei,
braços feitos de luz, no fim dos tempos
feliz e sufocado?

Prefiro-te estátua, mármore tangível.

Ou naquele oceano de águas multicoloridas
encontrarás meu cadáver a boiar,
dominador de um vasto meio de ação?
Ou o após terá valor de redenção
e tuas mãos beijarei
o talmud em que meu corpo será enrolado?

O eterno, um eterno qualquer, simples e primário,
como se de consistência humana fora feito,
puro e ordenado
artesanato de um superior estágio...

II

Desvelam-se os segredos soprados
pelo vento e o irreal enterra-se, ferindo fundo.
Um leve som se esboça
e tenta-me a juntá-lo ao grandioso.
O fim resplandece: porém é doçura.
– Medo?
As figuras reduzem o corpo a um só plano.
A eternidade baila no ar
ausência de qualquer perdão.
Sinto-me apenas o pobre de poemas
numa noite de transfigurações.
Caminharei então beijando as mãos
dos mortos para ajoelhar-me ao fim do corredor
onde o "RISORGEREMO"
chora as lágrimas devidas ao filho prematuro.

III

Não rezo.
Grito!
As inexistências tornam-se presença
ao escutarem o canto da metralhadora.
E eu serei como o Outro
um simples Medo
que jaz
morto.

Ouvi a noite

Acalanto, o marulho.
O mar exibe-se, perpétuo,
ritmo solitário,
o silêncio.

A construção nervosa espalha
sua potência pelo presente.
Cai de joelhos
e implora o fim.

Instantâneo, o eterno rodopio
recomeça e, num salto,
o homem volta às estrelas.

O mar abraça o mundo.
Os símbolos decadentes desmoronam-se
em queda livre.
O monstro *sapiens* foge de casa,
ritmo solitário e único,
remanesce o silêncio.

Soneto I

Quisera, ligeiro, corrente à vida,
navegar teu corpo, beijar em ondas.
E durante a noite, o curso completo,
inundar-te o colo, banhar-te o rosto.

Quisera, escarpa aguda, rasgar-te o seio,
preencher-te o ventre, penetrar-te inteira
e, durante a vida, água infinita,
lavar-te os olhos e as tuas dores.

Quisera ainda, humana fúria,
as tuas mãos, oh as mãos tuas
a bater-me o rosto, ferir-me o corpo.

Quisera enfim, oh, vã loucura,
teus olhos ter, teus olhos loucos,
teus olhos ter quando já morto.

Reconhecimentos

Identifico-me pausadamente
com as desgraças cotidianas.
E absorvo-as.

Quisera tanto a cegueira e o desconhecimento
dos irmãos e das virgens despedaçadas!
Mas nos olhos o mar dissolve-se
e a pureza evola e me toca apenas.
Quisera tanto a luta imediata,
de aurora a aurora.
Mas no ar, solúvel, meu corpo foge.
Quisera tanto o grave sono
e a posse do impossível.
Mas, no tempo, o tempo muda
e o peito sufoca frente ao nada.

Lembro-me que do terraço olhei o horizonte
um dia e, jogando meus braços
ao céu, perdi-me, terrivelmente.
Alguns anos mais tarde, oh, póstuma surpresa,
numa lágrima reencontrei
os caminhos já percorridos
e os homens que não cantam estrelas,
mas a singeleza das almas.
....

Internei-me pelo escuro afora,
num distanciamento irremediável.
E chorei. Fundamente.

Soneto IV

Dormirei aos teus pés, sangrento
morto, afogado no pó, tal sombra
assustada de árvore caída, rio ébrio
de angústias transbordadas, sonho puro

de virgem cega, ou lágrima furtiva
de despedida. Te cobrirei mansamente
como noite longínqua, mar – ternura
beijo náufrago, nuvem escura a ensombrecer a lua.

Ouvirei tuas preces e serei
vento roubador do canto,
simples interlóquio feito de abstrato.

Penetrarei enfim, luz, penumbra, túnel
no silêncio fecundo de teu ventre,
mero retalho esquecido de ti mesma.

Rodin

I

O PENSADOR

Este homem que é só carne
e tem o sobrecenho carregado
também ama e universaliza as outras formas.
Ele, sem o saber, carrega em seu corpo-bronze
o estigma do que representa,
e pensa: – Toda a minha força
e a eternidade em meus gestos
se converterão em pó, em sombra, em Nada.
Este homem pensa na imobilidade
de seus músculos tensionados
e, um braço apoiado no joelho,
com o outro sustenta
a Desesperança...

II

O BEIJO

Falta um grito ao mármore que se une
onde os lábios calados explicam o amor.
Estes dois corpos se encontram
fora do alcance da morte e atingiram
na harmonia do beijo o ritmo da construção da carne.

Berceuse

Oh, nuvem tísica, mar sem luz ...

... adormecido eu seja
ao tua face olhar!

Cubra-me então de algas e serpentes.
Penetre-me o corpo, incenso, calma.
E no infinito lanço-me,
as forças plenas.

Adormecido eu seja
ao tua boca beijar.

Habito a escuridão deserta.
Obscureço-me à luz do sol, penumbra.
Senhor do poder me aquinhoaram,
sinto-me completo.

Adormecido eu seja
quando teu corpo amar.

Vãs esperanças!
Só no instante
a posse é completa.

Adormecido eu seja
quando tua vida acabar.

ELÊUSIS

Thria
(PLANÍCIE FÉRTIL BATIDA POR FORTES VENTOS)

I

Diálogo efetivo e iriante, saudado pelo símbolo e pelo contraste;

diálogo exato, que realmente foi escutado, ao invés do siflar do vento entre juncos à beira-rio;

diálogo preciso e sem pedestal, encontrado na raiz dos tempos, de mil lagos e mil olhos;

diálogo como se fora as praias do mesmo golfo se olhando e se entreolhando ao estremecer da manhã.

....

— Era uma tarde ou noite sem luz ao te esperar como sempre esperei a manhã, ou o dia, ao te esperar como se te esperando estivera. Era apenas o tempo desarrumado de círculos que se conturbam e não dormem, como notas de música não ouvidas e destruídas no centro da cidade feita de círculos que se conturbam.

— As noites eram dunas claras e insones ao te esperar como fome de peixe solto na areia pela baixa-mar; e o sol imperdoável do terceiro dia, surpreso e indolor, sem saber ser, sem ser por não ter olhos que o soubessem.

As noites eram algaravia em penhasco no meio do mar. Pouso ou pousada. Lugar de nascer ou encontrar para todos pássaros marinhos, para aqueles que a nuvem levou saídos de ventres desertos.

— Não seriam de danças nem riso, nem brancura, as estradas. Não seria odor inesperado de terra limpa ou pisar de inseto sobre vidro. Não seria mar, história antiga escutada todo dia, se não fosse o esperar geométrico e amado, construção de infância longa e cautelosa, mas substituída pela árvore pejada de frutos irrespondíveis e maduros.

II

São as árvores que plantei.

Hoje, sombras e liames de terra. Sombras minerais. Pedra de ar por onde jamais os cavalos subirão. São aquelas mesmas árvores que hoje atravessam as chuvas esquecidas, árvores plantei como se soubesse (nunca o soube) que jamais cresceriam.

Creio que sim. No meu tempo de corredor e de guerreiro as flechas nunca me alcançaram. Tenho para mim que eu era semente de rei. Mas no meu tempo de vento e de fogo eu era só como o sol.

Depois plantei as árvores, como se fossem profecias. E elas se tornaram casas de mil seres e de meus pés ignotos.
Teria sido um dia de luz quando encontrei Aquele a quem saudei. Não posso esquecer que ao voltar meus olhos era noite, e estava perdido entre inúmeras farpas astrais. Pedras rolavam sob meus pés e eu me lembrei...

Houve também um certo dia em que, ao encontrá-Lo, de seus olhos brumosos e impossíveis brotavam ruas e cidades, cheias e gargalhantes.

Tenho-O hoje ao meu lado, assentado no tronco morto da árvore que plantei; e conversamos...

Não mais esperaremos. Nossas mãos tateantes e nossos peitos convergentes serão dogmas. Nossos filhos, que ao crescerem serão livros virgens e príncipes da aurora, estuam como rios grossos e selvagens sobre terras desertas. Lá crescerão enormes pastagens e os bisontes trotando farão caminhos torrenciais.

Os palhaços e as crianças não mais sorriem.

Seremos todos e para sempre tristes como cristal polido. Nem mais os anões saltam sobre nossas pernas de metal ou os elefantes nos saudarão: primeiros invasores de seus rios.

Não mais esperaremos o comando ou a chuva plena e gorda. Caminhando iremos nós também para o fim.

Eis o dia que desponta e ainda brilham as ranhuras do canhão.

III

Eis as luzes que pensei serem de um gato esgueirando-se entre vidros e braços estraçalhados. Mas não! É o último dia; aquele dos nossos passos e de nossa crença.

– E por que não?

Somos tantos e tantas são as nossas vozes que se confundem.

(Gostaria ainda de cantar por um momento; por um só momento gostaria ainda de cantar a canção de cera moldada pelo fim. E que fosse azul, como aquele momento em que nasceu o desejo de cantar.)

Oh que triste é o marinheiro arrumando suas ondas em forma de país e sabendo serem, apenas, de ar morto e sem árvores.

Oh que triste é o marinheiro fabricante de desertos e de casas desertas e de cidades desertas e de países mortos e sem árvores.

Rharian
(Onde Deméter plantou as primeiras sementes de trigo)

III

Nossos pés barrocos, calçados de gelo, envolvem-se em grama e longas melodias esperando o retorno. Sabemos bem para onde. Mas o mar é de telhas antigas e atroz é a vingança do vento. Nossos pés de argila profética são mirantes antropofágicos e meus espaços se perdem nos teus até o limite daquele mês em que vivemos e fomos escolhidos. Nossos pés se contraem como pássaros em ninho velho e chove... Chove em nossos olhos e como Dédalo sem chorar choramos e nosso choro é chuva em país sem chuva. Os ventos se repetem em outros portos. Imagino-te como se de lá nunca tivesses partido. Seriam apenas promessas arrendadas à aurora?

– Onde estarão as auroras, principalmente as essenciais, que nos eram dadas como sonho em meio de noite acordada?

Seriam promessas os olhos claros e o silêncio plasmável? Seriam promessas as horas inexistentes e a confiança no saber da música das horas que existiriam?

Não teremos medo, jamais teremos medo de nossos pés ou de nossas cabeças de bronze.

Sabemos que existem as árvores no meio do pântano e cujos galhos mais altos jamais foram tocados, apenas dançam e prometem a mesma promessa que a noite promete: não ser dia.

Ou o mar a mesma promessa que o mar promete: não ser ilha.
Ou o cavalo não ser nuvem. Ou a música que agora ouço não ser o
galho mais alto da árvore que agora dança e sei existir.

– Éolo, sob meus pés de profecia e silêncio restarão tuas vísceras e
sangue.

(Nossos pés então se encontrarão caminhando novamente em
ruas de gelo, caminhando como velhos elefantes para túmulo
impossível e desconhecido.)

IV

E as mãos de Laocoonte e seus filhos, nossas mãos de moluscos
sedentos escondidos em areia de praias por onde nunca passamos.

E as mãos que desgarradas não tinham olhos, mãos sem mãos,
que se retorcem como cobras de olfato sensível.

(Blocos de mármore bem polido.)

Serei agora visão esvanecida ou petrificada em lembrança como
o fóssil das geleiras que viveu ainda o tempo de ser morto por
lâminas e flechas esfomeadas.

Estes braços sem mãos e que se tornaram silêncio, braços
helicoidais e mecânicos, são apenas tempo de espera, tempo de
eternidade.

Mas onde estarão nossos dias? Os nossos dias de agora? Aqueles
sem mãos e sem pés e que são os dias de espera?

Estão nos cabelos ou ventre, soando como cravo distante de um sábado em casa.

V

Seria um corpo inteiro ou apenas o fundo de um mar anárquico e deserto?

Seria um corpo de organização divina ou, apenas, a distância, um aerólito sobre a areia?

Seria um corpo ou livro aberto ou máquina difusa e retorcida?

Sei apenas que a feitura de miasmas e revérberos e a forma de Graal não me lembram nada que jamais existira.

....

Dirás: – Sou eu o escudo e a espada curta mas terrível com que mataste Jericó inteira. Sou eu a pluma em forma de galera. E te levarei. Levar-te-ei aos limites de tua própria pele que agora adormece como a Esperança que se sabe renovada em cada manhã em cada crepúsculo, adormece.

E eu direi: – Sou eu a ameaça de dor que frequenta a morte. E ta ofertarei. Sou eu o alfanje de teus cabelos sobre os quais dormirei. Meus sonhos: vivenda de olhos e mundos onde serás pedra, marco enorme de fundação. E a dou a ti.

E tu dirás: – Os escritos da caverna e o homem de Neandertal já te esperavam os mil animais mortos à traição não choraram e todas

as lamúrias eram pequenas desesperanças. Mas eu nunca as tive.
E eu te direi: – Eu sou o esquecimento como a noite é o esquecimento
e o rio volumoso que apodrece o tronco boiando e o leva. Eu sou a
face da Esperança. E a dou a ti.

E tu dirás: – Minha mão sobre teu livro é semente de alfazema
rara e o chão onde piso é inveja e glória. Sou eu a árvore no cimo
da montanha e as tuas guerras ruído imperecível à distância.

E eu direi: – Eis aqui nossas irmãs, salvas do amargor e do
afogamento sob a espuma. Eis a virgem sobre a areia, a que
redobrará nossos passos.

Hoje é cinza...

VI

Hoje é cinza e o homem cai. Cai tal chuva que também cai pingando em nossas testas o dia sem sol mas com flores de luz.

Este é o mês do silêncio. Silêncio que tem medo de silêncio.

Há tão pouco era feito de gaivotas e sal! Mas já não se lembra quando chegava o mês das chuvas, das lágrimas que enregelavam e envileciam aqueles meses que eram os meses do silêncio, tal como o é hoje: um dia de silêncio.

Esta é a chuva que nos atravessa como espada noturna.

As cavidades sangrentas encheremos de silêncio.

Orgas
(Colina plantada com árvore consagrada)

VII

Lembrança verde da tarde, painel antigo e decorado: montanhas e bandeiras – daqui as vejo.

É de gesso e cal a figura que se reanima num raio estelar: toda a galáxia.

Curvados os olhos tornam-se raízes de outono e o corpo implume se veste: roupagens rubras, roupagens sábias. Os pés que voariam em falácias, já não mais voam.

Não há tristezas ou trombetas ou nos soldados lanceiros ou estriões. Não há tristezas em luzes ou ruídos, nem sempre sons: doidos como aço sapecado em cabeças de crianças. Nenhuma tristeza. Não há tristeza em esconder olhos, olhos de sombra, que remam durante a noite. Ou em pérolas com forma de pérolas. Não há tristeza com forma de tristeza.

Só nós a temos. Temo-la toda como palheta sem cores em mãos de vácuo.

A tristeza pré-tristeza de nós mesmos só nós a temos.

....

Eis que o céu começa a tombar das árvores sobre repouso ignorado e o negro fogo prisioneiro de miragens.

Eis as 7 cidades perdidas como antigos colóquios. Muralhas estupradas e de novo pedras esparsas na planície.

Eis a fé dos nascidos no rochedo e o lenço transparente, tão leve e derradeiro quanto a palavra de Esperança.

Eis a tarde, suspiro verde e sem medo, a quem agradeço a lembrança.

VIII

Novamente o mar e a resposta de espuma criam a lágrima e a estrela.

Novamente as Cariátides e a planície criam o guerreiro fugaz e a distância... Oh, a distância (coroa de herói não ungido), a distância inapelável que não existia no riso daquele momento em que a distância nasceu, a distância entre o começo e o fim daquilo que jamais começou, a distância do fim que jamais será pois é contida em nós mesmos, incomensurável e eterna como a alma da distância entre os nossos dias de começo e os nossos dias de fim.

Pois teremos e sempre teremos a certeza da luz que nos atravessou no Peloponeso, quando, ainda crianças temíamos o desencontro e a daquele momento em que o "silêncio novo" correu por todas as ruas da cidade também nova e construiu imensos debates e ainda teremos e para sempre as noites povoadas da ausência e que serão brancas como a ausência. Serão noites mastigadas e rotas e serão ausências estremecidas pelo susto da volta.

Mas saberemos que ao curvarmos nossas cabeças como pétalas despregadas não serão nossos braços que se abrirão e ao olhar nos quartos e nas máquinas serão todos refletidos nas mãos que não serão nossas mãos e que as florestas e palavras de nossos ancestrais serão início de nós mesmos e de nossos dias de labor. Mas quem me dirá da cor das cerejeiras e da textura do pão?

Quem?

Quem me dirá de mim mesmo no momento exato em que não mais for?

Mas quem? Quem me dirá das disposições diurnas e das promessas da noite que se alongam e se tornam praia?

– A permanência da ausência, o início da estrela morte, o ligeiro toque, fim de tudo como o fim de nós mesmos começado há milênios.

JONÍADA

Tharsis
(A PROPOSIÇÃO)

Aos encargos do hierofante coube ainda o mar; o parcel, a grande caravela após o sonho, confusionada com espuma e areia, indivisível, grande pássaro e cristal.

O hierofante constrói o farol – casco ósseo de tenra polpa, norake cartaginês – em cuja luz diurna adormecem tranquilizados os marujos. Rude faina – flutuante – em panos e grandes ventos. Sentir enfim as vagas e o sexo antigo da derrota e mar.

O hierofante é o pássaro. O pobre pássaro ou os peixes nos fins do mundo que choram as lanhaduras de guerra, os que voam e os que arrastam a boca aberta pelas águas escuras e tranquilas.

O que persegue o mar e o que procura o mar e o que sabe o mar: meus irmãos antigos e esquecidos nas catacumbas e fortalezas mortas serão estátuas, desconhecidas, amareladas, podres de tempo e falta de lágrima.

Estariam olhando um ponto azul – antílope à espreita do ruído final ou anterior movimento de entranhas que anseiam por água. Estariam, gelo, grama, sem vento, dóceis ao início do manuseio. Estariam no entanto em paz desconhecida os meus irmãos e amigos do mar, pois farol que se apaga anterior ao naufrágio desconhece o sepulcro vazio.

Ouvir jamais teria choro de filho, reza de mãe. Espumosos e frágeis – sem recordações inúteis: os que se foram – clarins já soados – retratos pungentes em velhas molduras. Estarão ao meu lado.

Mas os Hero e Lander, os Ulisses de Ítaca, os irmãos e amigos que nunca voltaram? Estarão ouvindo o ribombo, o agudo soar das pedras e ostras, as ondas carrasco e a fome de pássaro polar, que destroem e constroem, destroem e ampliam.

O encontro previsto será de grandeza, ou humílimo sopro que encontra o mar – sempre o mar.

Terão sido claros – pois outrossim não aceitos – os desígnios daquele que rompe harmonias, que evita as ruas que levam ao mar, que nos transforma e devolve, que nos gera e engole.

Rio inundado ou córrego em prado. Pássaro e areia: somos todos de sal.

Lembro agora e ainda o sangue de heróis no deserto solar, sangue em cisternas bebido por inimigo exausto e carregado, tal Ithis, nas entranhas, nos rins e em vômitos jogados às ondas tranquilas que os amortalham.

E por que não lembrar os que navegam e esperam com a grande vela premonitória panda, que sem leme ou barra, sem forma, à lápide escarvada.

Lembrarei enfim aqueles meus amigos e irmãos, os que escutam os pequenos ruídos dos encontros do raio estelar ou o feixe

magnânimo, de luz construída: a que acha e descobre os olhos dos peixes e as fosforescências anfíbias de antenas seculares.
A quem – ó viajantes lustrais – poderei melhor servir, avisando e prolongando o caminho que leva aos escolhos de gelo e às praias de estátuas?

Serei simples barqueiro. Libertos e despertos ao fim da viagem dos rodeios de Scylla e Cérbero, entrareis nas planuras da ilha final.

Nínive
(Nas mãos e nos pés vivi a cidade e as almas)

I

Os tempos mudaram. As auroras foguentas, imanentes e rápidas, dão ao tempo dias chuvosos e pobres presenças.
Os tempos mudaram. A chuva é eterna em nossas vidas eternas. As nuvens descobrem nossas fugas audazes. Do tempo de chuva, nosso tempo começa. Com frio, com medo: longa viagem no escuro do tempo – sem descoberta de dor, sem sombras ou cor.

A chuva do Homem é diversa daquela. É a chuva que sabe os pontos que doem: que lava o calor, que abre a crista, confunde aos pés. É a chuva sem sexo que vem de outros países – é a chuva de ágata e sede de pedra.

A chuva dos pobres.

Encontrados na luz, serão filhos do nada? Brotados da terra, colhidos, comidos, lançados à fome sem olhos ou estória – serão filhos meus, a multidão das auroras.

Mas com que terei os diálogos de outrora? Na cova infinita dos sulcos do cosmo não encontro resposta.

Farei minha dor ser comida por pobres. Daremos os ventres abertos e olhos – quando virmos o pobre comer chuvas e auroras. Seremos mui doces como esperança sem cor. Sutis e antigos como poeira. Seremos pedra andrajosa. Daremos o livro aberto e saído da boca amargosa da nuvem esquecida. Daremos os brados de sangue e langores. E à noite, dormindo, daremos as mãos como cobras, os desejos e a sede de virgens translúcidas.

São todos de neve em começo de sol. São todos savanas sem lago ou quimera.

Pois se no mundo de espelhos e frio são todos tão pobres como início de noite – tão pobres como fome de pobre.

II

Do lago foge o rio, em cubos de metal. O grito da criança e o silêncio final.

Eu vi a plaga nas pernas queimadas pelo napalm. Eu vi o ventre vazio vomitado viscerado. Eu vi a cabeça tombada entre folhas na floresta. Eu vi o braço desgarrado e o filho que dormia. A mão já não havia. O peito já exangue. O corpo tão pequeno! E a mesa onde debruçam cabeças já sem vida.

Do lago foge o rio, em cubos de metal. O grito da criança e o silêncio final.

Eu ouvi cantar tão triste. Era um cantar austral. Eram os homens que enterravam no verde fundo das covas os mortos do fim do dia. Eram os homens. Eram filhos. Eram os filhos que enterravam os pais no fim do dia. Eu ouvi as mães cantarem. As bombas explodiam. Eu ouvi cantar tão triste que explosões já não havia. Era o lamento daqueles que morriam.

Do lago foge o rio, em cubos de metal. Os gritos da criança e o silêncio final.

Eu sei que falo e não ouço. Ouvir quem poderia? O ribombo do canhão, a explosão deletéria, o sangue que corria e era mar junto com terra.

Eu sei, eu sei que a morte da criança é a morte total. Eu sei que a morte nasce na cama da concepção.

... e que do grito da criança nasce o silêncio final.

III

A noite é desesperança de encontrar aquele minuto de conhecer total entrega, raro momento sem pergunta – o livro inteiro no coração de quem dorme em campo arado – e no mesmo instante do acordar a resposta: voo rápido em outros tempos de sono. Outros tempos. Outros tempos de tocar. Outros tempos.

Ressurecto caminhando. Agasalho é lembrança e premonição de novo encontro. Na praia escolhos de gelo, peças naufragadas, juntadas por fortuitas imagens de dias e noites tão ventosos, tão chuvosos...

Longa é a noite que ainda espera envolver nos próprios passos a mortalha e fazê-la caminhar gaivota em ilha nua, visão de templo sobre pradaria, árvore liberta, galopes e flamejantes máquinas de antanho.

Longa é a noite se o dia é noite, se a noite é noite. Longa é a noite desesperança.

....

Era aquela uma terra bem clara. Bem clara a luz que coava a cortina de vento, bem claros os campos, os ruídos distintos, as frutas iguais. As gentes andavam por ruas iguais e eram gentes iguais em terra bem clara.

Ai, que frio que faz – que triste é o sol, anjo morto de roupas rasgadas, parado, dormindo – o anjo de gelo.

Era toda de máquinas, circuitos complexos, visões geométricas, funções matemáticas, casa sem mistério, cores sem dor. Era a terra sem sangue: morria, vivia e num dia distante tornava seus olhos para sua própria tristeza e chorava o amor por terras distantes onde homens viviam, comiam, morriam em ruídos confusos. Mulheres pariam hordas – ninfas, gigantes.

Ou então outras terras cor de terra, verde cor de noite e cidades já antigas. Terra de muita fome cor de fome. De sono, muito sono. Mas sono quase sem sonho: sono apenas sono.

Os mundos se abraçam sem se alcançar. O ar rarefeito transluz as cidades e o homem que anda continua a andar.

Para onde, por onde continua a andar, o homem sozinho que sabe sozinho as terras tão claras, as terras do sono, as terras sem mar?

O Grande Peixe
(Eu sei)

I

Estória a ser contada indicando a hora precisa do degelo e a paisagem da manhã indivisível, manhã sem estórias mas de sol, manhã não-riso mas alguma música, manhã enfim da própria estória.

– Estória da longa voz escutada três vezes ....

1ª vez – Teus passos aflitos te cansam. Teus olhos aflitos te cansam. Teu coração aflito me confrange. Agora escuta: repousa tua aflição no côncavo de minhas mãos e serás levado a terras de muitas águas porém brandas. Teus dedos moldarão ferramentas e talhas e construirás, da terra, a moradia de teus filhos. E depois repousarás no solo que edificaste e serás o primeiro antepassado junto a quem as gerações mortas e abençoadas haverão de querer repousar depois de seus dias.

2ª vez – Teus olhos estão cegos e tuas mãos sangrando. Em tuas costas calos de chibata e teus pelos hirsutos são noite e morte de punhal. Vem e dorme no côncavo de minhas mãos que te levarei, mesmo perto, à fronteira do inimigo. Lá dar-te-ei o cimo da colina que domina a terra odienta e as muralhas que construirás serão impenetráveis. Tuas armas serão luzes de aurora. Tuas vitórias e cada dia será teu dia até ao fim de teus dias quando serás enterrado em tuas muralhas.

Eu mesmo, no entanto, não sei de teus filhos. Serão filhos do amanhã ou acontecerão no teu fim? Saberão, eles, resistir aos arcanjos sem glória e aos ventres vazios dos sábios diurnos? A guerra e a Palavra não escutada são frutos da grande misericórdia, da grande paciência.

Escuto: deixo-os provarem o finito de suas matérias e não ouço os seus gritos de ódio. No entanto, quero meus filhos guerreiros. Minha verdade e minha justiça não são frutos maduros de fácil colheita. Quantos não as escutaram?

Meus olhos choram pelos milhões que pereceram. Os Meus filhos, os Meus justos, aqueles que morreram com o Nome à boca. Meus olhos choram. Meus olhos choram.

Mas busco e continuo a buscar aquele dia perfeito que me permitirá aparecer e redimir.

Busco o dia de minha própria bem aventurança.

3ª vez – Tuas noites são indormidas. Teus passos como cabelos e árvores esquálidas. Tuas próprias mãos te roubam o ar, e a visão de teus olhos conturba-se e se afasta. Vem e confia no côncavo de minhas mãos. Repousa. Serás levado a uma grande casa em uma grande praça no centro de grande cidade. E os homens virão a ti para julgar. E os homens virão a ti pela luz e pela palavra.

E tu dizes: – Não sei. Dar-te-ei a certeza que nunca chegarás a saber, pois somente Eu sei. Dar-te-ei a paz daqueles que recebem a resposta. Dar-te-ei a casa e a cidade – dar-te-ei os homens que escutarão aquelas algumas palavras que te darei.

Porém teus filhos terão ouvidos e não te escutarão. Para eles serás um grande armário sem portas. Guardo-os para mim até o momento em que decidir falar eu mesmo aos seus ouvidos. E guardá-los-ei ou perdê-los-ei no meio dos povos perdidos caso não me escutem.

....

Esta é a história conforme escutei.

II

Que Teu nome teogônico não seja símbolo em nada. Em nada seja Teu nome missível. Em nada Tua palavra se transforme em natureza pois a natureza do nada contém Teu nome e nela está a promessa e em Ti o compromisso.

Foram sete as primeiras ordens. Pois por não escutadas trouxeram o primeiro fim. Foram dez as segundas ordens – Aí fogo, cativeiro e morte! Aí fogo, aí morte!

Hoje as ordens são inúmeras e vigoram em Teu país. Cada frase é natureza e as areias do deserto não as rompem. Nascem em rosas sobre as pedras e em mulheres que se reclinam sobre nossos leitos. Nascem em distâncias missíveis e em olhos sempre abertos.

Somos nós mesmos os que éramos e não os que falam e os que não dizem.

Fomos o cabrito e a ovelha – e mil fossem as ordens, em campos, deserto ou mar, mil seriam nossos olhos isolados e sozinhos.

Vendo o carro de fogo, mil seriam nossos Nadas cheios do Nome e Esperança.

III

Este foi o ano de Tua glória. Teus são os primogênitos. Os primeiros nascidos do homem ou besta são os assinados para Teu serviço. Este foi o ano de Tua glória em terras desérticas, em ares de nuvens esparsas e concêntricas, em mares profundos e rasos – onde os ventos habitam e onde os sabemos. Este foi o ano de Tua glória e de nossa luz.

Libertaste minha cidade – a de Teu povo e descendência – nos deste música nova e um hino de alegria e de alcance milenar.

O sofrimento de Teus filhos foi esquecido e Teu nome jorra das bocas profanas e das ímpias castigadas pela Tua certeza.

Este é o ano de meus caminhos e de meus olhos alevantados – este é o ano da minha estrada de volta e daquelas esquecidas.

Este é o ano que inaugura o perdão e que nos dá o fim do medo e das noites lutadas e insones. Iremos ao mar tranquilos da vitória e dos grandes acontecimentos, pois a Tua certeza e a nossa cidade são clarins alumbrando opacidades – o futuro já não se tinge de passado.

O meu discurso é ainda tímido – Tua glória é maior – mas a voz da criança dar-Te-á o timbre do sacrifício gentil e das manhãs perfeitas.

Serei cantor e marinheiro de Tuas paragens, caminhante sem aflição, pois estarás sempre ao fim de todos os dias e em todo o bater do coração.

Seguirei em Ti, barca segura, e minhas cargas: símbolo de vitória e perdão.

Este foi o ano de Tua glória e de remissão. Este será o ano de Tua presença e de Tuas estradas e ainda de canto e de luzes absolutas.

IV

Na fértil praia – doce mar – pegada – marca ancestral – caminho de volta – lembrança atávica de outros mares: o de levar. A cor é bendita e a do penhasco circunstante é poeira de esperança dos que nunca chegaram a voltar. A praia é limite de meu país. Nela encontro a mulher-paz, a mulher-voo. Nela encontro a mulher-encontro, a mulher-mãe. Nela me encontro envolto em cinzas e de olhar além me vejo aqui, me vejo inteiro, me vejo terra, me vejo mar.

A montanha é vida – tudo o que foi e tudo o que será. Pode ser verde – sonhos verdes – pode ser amarela – antigas rochas – muralhas e guerras. São os pequenos bólidos que os reis usaram, monumentos fiéis à permanência, estatuária ignara do Senhor. Túmulos antigos – portas celestes. Mas não é a cor, é o silêncio o que constrói as montanhas. Como são claras e perfeitas as montanhas de além-mar.

Kikaion
(A ÁRVORE DA SOMBRA)

I

Ai, Shoshanah! Ai, ai, Shoshanah! Quanto andei para Te ouvir! Sol e perdido. Saber e esperar. Pedra e flor – finalmente flor. A morte da pedra – o clarão da flor. O desejo de amor e o berro de ar. Ar! Vida! Morte!

Ai, Shoshanah! Ai, ai, Shoshanah!

O deserto começa. A estrada é de luz. O cão que devora e a pedra que chora. A ave que dorme e a noite de medos.

A estrada renasce. O dia começa. O homem que mata. A mulher que fenece. A criança que grita. A sede tortura. O ouro reluz. O soldado esvanece.

A bela que dança. As armas batidas. Amores criança. A luz que acompanha, que diz e que fala, a luz esperança, promete, repete – ameaça e espelha.

Ai, Shoshanah! Ai, ai, Shoshanah!

Agora não durmo, pois tenho que entrar na terra antiga batida atroz que dói em meus pelos, meus pelos desertos que em 40 anos aprenderam a te amar.

Já sei que não sei. Já sei que não sou. Quando te ouvi, manhã já não era. Depois, dormi mais dois dias e – escudo e lança – cheguei ao limite deserto no deserto que andei.
Hoje te olho e espero teu nome.

Ai, Shoshanah! Ai, ai, Shoshanah!

Deixa que eu durma em teus seios de mel – que tenha em meus braços cabelos macios teus ossos metálicos, teu ventre de noite.

... Ai, ai, que me espera nos 40 anos por vir?

II

O homem que fala, fala da fuga, fugida doida, a fuga do dia e da esperança.

O homem que cala fala do encontro, da morte sabida, da morte lambida, da vida finita.

Aquele que manda e aquele que faz, aquele que vem e aquele que vai. O homem que sabe não fala mais. O homem que nasce começo do mundo, que jorra do lodo, que bebe a luz, o homem que nasce já não fala mais.

Noturnos e noite e tanto a dizer. Teus braços longínquos, teus olhos saber. Toda história é silêncio – sem amanhã. A estória de ontem descobre a aurora. Toda estória é vivida sem saber a estória. Contida, sentida, doída em si mesma, se descobre na aurora. Toda estória é noturna e de ritmo lunar – como as aves marinhas que se encontram no ar – como olhos de cobra, pedra angular.

Viajo por ti sem te encontrar. Vejo e não sei. Soprado batido, encostas limite, cantando comido serei a estória que vem de além-mar.

....

Pulsando no corpo, espaço medido, espera esperada, descoberta antiga, encontro teu nome: lábio, safira.

– Quem eras? Serias?

– Quem foste, serás. Seremos sem ser. Sorrio da morte serena, sofrida, do minuto que foste.

Estrela caída, pedido perdido, amor desamado, corpo vazio.

....

Pulsando no corpo ou por onde andarás com teus pés de magnólia?

Continuo esperando o sorriso do encontro ou lágrima nova por momento havido ou quem me diria a frase perdida ou quem me daria o dia roxo e pacífico que se segue à noite iluminada. Meus filhos, os de Jerusalém, aqueles que adormecem na Judeia, aqueles que vêm do mar e que encontram a morte, aqueles que vêm do ar em procura, os meus antigos filhos dourados pela poeira de Jericó e as pedras que cobrem seus túmulos e as colinas que são os seus túmulos.

E os meus filhos que dançam próximo à guerra e que olham os becos esparsos onde farão seus leitos de amor. Aqueles que entram nas Portas do Leão e na velha cidadela e que, ao jogar terra sobre suas cabeças distantes, ofertam lágrimas por dias futuros que farejam em jovem vento, como vida desconhecida, fonte deles mesmos, choros de suas mulheres e danças de corpos puros.

Os meus filhos em todo o mundo, aqueles que ainda não sabem, os que lá escutaram, os que andam, cavalos não dormidos, águia em busca de lebre, vento quente e deserto, pergaminho descoberto, amarelo sobre verde e a fanfarra e o tambor.

Hoje eu tive o teu sangue e hoje eu tive o teu riso, oh Jerusalém tão distante, quando os meus pés já te tocam. Tuas pedras, minha pele, tuas torres são meus ossos, tuas ruas veias macias por onde corre minha imagem. Pois quando perdida para as gentes, te queríamos como um filho e, agora que te temos, festejamos. Mesmo lágrimas, ou gritos, são festejos por te termos. Mesmo a chuva que abençoa ou a distância em tristeza são festejos por te termos. Mesmo inverno, morte ou fonte são festejos por te termos.

POEMAS TRANSCENDENTES

Para seres marinheiro veste roupa branca – Coloca teus braços em forma de ramos e balança-te para tentar. De teus dedos que brotem melodia aguda e algumas raízes de planta não profunda. De teus olhos, fonte de setas muito longínquas, deves aguardar resposta, sempre pronta, às múltiplas questões do mar.

Vá e multiplique teus passos nas ondas. Casco oco no mar tal nuvem. Nunca respondas – escuta! Escuta os ruídos; os silêncios. Encherão primeiro os panos de tuas vestes largas. Depois molharão teus cabelos e inundarão teu estômago até se transformarem em carne.

Se já viste – afogado lembra-te: contexto de esponja e lágrimas, lembra-te do macio das águas sobre o corpo circunflexo e flácido. Assim terás que ser para andar no mar.

Verás, um dia, à hora do sol, as cores gritadas de um verão só teu. Já então o sal será carne e o vento será sal em tua pele e o barco terá tomado a forma de teu corpo e teus pés serão vela e ritmo.

Para seres marinheiro é preciso que morras no mar – Ele te ressuscitará marinheiro, e ao te falar pelas mil maneiras que tem de falar terás chegado ao início de ti mesmo.

A uma flor

A uma flor comprimida o meu saudar, minha lembrança e saudade de flor que foste antes de ser folha entre outras folhas, som anterior à palavra que te oferecem, a uma construção que te fez renascer contexto implicação e cor.

A uma flor comprimida entre paredes ocas de livros ainda não escritos minhas homenagens mais sinceras como as que prestarei às múmias recém-descobertas – qualquer coisa de deserto = areia e sol muito vermelho – talvez melhor diria esfinge = pedra e organismo mineral.

A essa mesma flor meu prefácio mais amável tal dedicatória à tua não morte e pelo prazer da redescoberta – Tuas serão as palavras que escreverei sobre a lápide – Procura sem encontro – Morte sem sorriso – Porém foste minha vitória – Dei sem receber, dirias – Dei sem receber, direi – Ficará a flor.

A uma flor que ficou de uma forma totalmente corpórea, encontro através da graça, relação direta com eternidade, agradeço a única coisa que se transforma em destino: a crença no destino.

Teus pés, o fim, o início.
Olhavam, mas não me viam.
Caminhavam para mim
ou de mim eles fugiam.

Teus pés, algodão, navio,
te levar já não queriam.
Eram ponte, eram rio
que no mar adormeciam.

Teus pés, de lua e angústia.
Espelhos sob pálio.
Folhas lavadas da chuva.

Teus pés, de linho e ferragens,
caminhar já não podiam.
Rosas de outro estilo
à espera eterna da resposta
e a resposta não viria.

Pedra

Estátua de pedra
gerada em ventre de pedra
moldada em alma de pedra
pedras de pedra
são tuas lágrimas
pedras de pedra
são tuas flores.

Limitas o dia mas não transfiguras
deixando de amar-te não mais serei eu.

Ficaremos: eterno enlevo que nos envolve.
Deitado em teus braços
concebo uma flor de pedra.

Pedra na mesa que ainda não é
em esquecida pose de pedra em pé.
Pedaços passados e quebrados
compostos em quadros e quadrados.
Folhagens dormentes e estendidas
chupando a água. Inconsistentes mas cientes.

O jornal que grita.
A terra que foge.
O olho procura
– mas não encontra.

A chave na porta.
O livro na mão.
O corpo que deita
– mas não descansa.

A música sobe.
O poema cresce.
O vento cresce.
O homem sobe.
O mar cresce.
A floresta cresce
. . . e de repente
TUDO MORRE.

Cavalo
    Escuto a tua anatomia de relâmpagos
    saída de uma placa de marfim.
    Cabelos: seda; olhos: noite; ossos: terra.
    Orelhas, ventas, cauda, nervos,
                                  és
cavalo
    jovem mandarim; ânfora morena
    feita de pedras, ventre vazio
    de promessas, geométrico mistério
    do vento que emana de teu calor.
                                  És
cavalo
    e não pássaro terrestre com saudades
    do mar. Variação de mim mesmo, carrega
    minha morte e traz minhas mãos.
    Folha de prata recortada por grego.
                                  És
cavalo
    desde antes da história. Na praia
    de lua cheia teus cascos de osso
    marcaram o mar desfeito e morto.
    Volta e me leva neste voo de nascer . . .

Não
　　Esquecerei o ondular sangrento
　　dos cabelos soltos
　　e a marcha tranquila dos pés de música.

Não
　　Esquecerei a flor entreaberta
　　dos lábios de chuva
　　e a gigante estrela, ardente
　　e nua...

Não
　　Esquecerei o sol molhado
　　nas mãos cruas
　　e as verdes unhas de mar
　　nos olhos de lua.

Não
　　Esquecerei as folhas da rosa
　　encontradas na praia
　　e a fome de destino no gesto largo
　　de onda que volta.

Não
   Esquecerei a sonolência de fruto
   gasto pelo susto,
   desespero de não ser música.

   Não esquecerei...
   Não esquecerei...

Quando as rosas crescerem novamente
seguirei essa estrada de chuva
seguirei essa estrada tão escura
quando as rosas crescerem novamente
e teus lábios desfolharem.

Oh! Como são belas as belezas esquecidas.
Hoje por mais que queiras não conseguirás
reabrir minhas portas antigas, inertes
no reino da infância.

Quando as rosas crescerem novamente
será o fim da jornada
e minhas mãos, mortas,
já não serão abrigo.
Teus lábios desfolharão
sobre a minha infância.

Andei por altas montanhas. Encontrei um eclipse. Um cão de pequeno porte comia frutas amargas. Uma chapa de raio-X protegeu-me contra as outras invenções. O mar era permanente e a programação tilintava *in puts* em meus ouvidos não líricos. A explosão na penumbra sucedeu ao mar. É verdade que os pássaros, por momentos, não cantaram...

... até que o mar previsto pelas meteorologias nórdicas entrou em colapso. As máquinas submarinas apascentavam rebanhos. Os ultrassons repetiam a função de pastores pré-históricos e os aspectos cromáticos, devidamente filtrados, alimentavam os espelhos côncavos.

Daí surgiu a nova vida granítica. Grandes paredes-cidade cresciam sobre formações cristalinas. Outros países eram horizontais e cheios de queixas. Mas a fratura no globo já misturava o fogo com o futuro.

Enfim o dia roxo e pacífico que se segue à noite iluminada.

Abra a porta que ilumina alturas de pássaro branco. Abra a porta que fechada é quadro em relevo de um passado, de um escuro, de um antigo sentir sem ver. Abra a porta que a presença já inunda e escorre cruenta como ventre rompido.

– Já vejo a mancha imensa que vencendo o sol – impossível luta – nos traz cores diversas às do verão, as cores elegantes e indigestas que nos transformam em cores e em objetos múltiplos. Lembro os velhos atrás da porta que se portam tal mancebos, gregos, hebreus e florentinos, e que enquadram o jorro contínuo, dando consciência, cheiro e gosto.

O homem que sobe e vê no deserto a grande resposta de todos os astros – A criança que avança e sobe a montanha e engole o ar frio da madrugada.

A mulher que, gazela, solta as pedras e funde-se, antiga e nova, nas lendas e no tempo.

O soldado e o escravo que giram destino nos pés e nas mãos, que comem e guardam o tempo nas vísceras.

Como ser todos aqueles que existem e que passam correndo confusos na noite? Porta fechada, maciça, trancada por milhares de anos de inércia, de sono pesado.

Seremos capazes de abrir a porta e dizer o que somos, esquecer
o que fomos. – Dizer o que temos, saber o que damos...
Sou herdeiro de amor por terras de futuro. – Ai noites; ai noites
que nunca hão de chegar. Teus fantasmas nos humilham. – A
porta aberta e a mesa posta e o silêncio sem resposta.
O homem que vê na rua
a chuva de outro planeta.
O filho que escuta do pai
estórias de antigamente.
O bicho que se esconde
do grande medo de gente.
O mundo já era mundo
cheio de estrondos quentes,
quando vi chegar o dia
do qual estaria ausente.

Cavalo branco a levar-te
esperança de um presente
(a última guerra do homem foi à noite, quando, sozinho, ele
se perguntou:
Onde está o meu início, aquele dos filhos da eternidade?
– A resposta foi o silêncio).

... que, na sua hora final, o Senhor lhe dê o conhecimento das cores do medo – espectro luminoso daquilo a que damos nome contrário à essência da coisa.

... que, na sua hora final, o Senhor lhe dê o gemido do mar extenso, o cinza e o branco do vento, a imprevisão do movimento – o jorro total dos oceanos que despencam no fim da terra.

... que, na sua hora final, o anjo negro lhe aperte as mãos como torres de alta tensão, marcos esparsos, filhos de luz, por onde a catarata contínua junta-se a outras águas.

... que, na sua hora final, o Senhor lhe dê a floresta em fogo, o bramido de feras que giram perdidas, o branco das nuvens e do vestido da virgem, a falta de lembrança e a solidão da montanha.

... que, na sua hora final, o Senhor que o tem e que o teve – o Senhor que o terá – lhe dê o beijo dele mesmo – aquele de sua procura e o do fim de todos os nossos dias.

Qual o sentido que procuro, se no ponto escuro já o encontrei?

Qual o caminho do encontro, que, de tão claro no ponto branco, já o sei?

De alguns países, donde vem a luz, são os países donde viemos, vem a estória dos porquês.

De outros, florestas onde nos perdemos de nós mesmos, confusa e difusa alegoria de destino, vêm os NÃO.

As armaduras superpostas e a boca sempre amarga. – A morte já não chega: somos cristais de terra ou degraus inclinados sobre falsas profecias.

Reaprendo o que esqueço
Ando nos mesmos caminhos
Arrumo palavras perdidas
Encontro na dor do desencontro
Fugir do que sempre procuro
Ganhar tempo antes do tempo
E acabar antes de ter sido.

Pois se o homem cortado da essência se esvazia na procura, aquele que a guarda olha a estrela como irmã e o mar não o afoga.

Depois que as manhãs e auroras se dissipam em outono e medo e o sino do relógio adormece o timoneiro, só nos resta, última lágrima, a infância dos outros, ou a morte do mundo.

Saber que a estrela que se apaga renasce e anuncia, e a que nasce já morreu, já foi dia...

Saber que o vento com quem falo foi palavra de outra boca, a flor morta era flor, a hora se repete, o início já foi fim e o fim, início de outro fim.

Pois se agora vejo Ulisses, Jonas, que eram poeiras nos ombros de Atlante, já não os vi por muitos séculos, escondidos em minhas procuras e desencontros... São os devolvidos do mar que te saúdam = aqueles que sabem o "não saber" e que te amam pelo que és.

Àquelas que dormem, sono espesso, massa esponjosa, líquido e gás antes do mundo;

Àquelas que dormem, sono estrangeiro, luz muito antiga, ao ar de si mesmas;

Àquelas que chegam sem forma e se tornam em angustiosa presença e àquelas que nunca chegam, permanecendo, no entanto, couraça e escudo, ao redor de nós mesmos;

Àquelas que vieram de Lilith e àquelas filhas de Deméter, às ocasionais e eólicas e às sementes da Terra;

Àquelas que nos tocam e transformam sem saber e sem ser e àquelas que tocamos e nascemos sem voltar – nunca mais – àquilo que fomos;

Às raízes das árvores que edificamos e que desabam ao morrermos e às frutas silenciosas que ao tombarem fertilizam o chão que comemos e às águas do oceano total de nosso encontro derradeiro;

Ao viver a estória, entranhas e sangue, o coração que pulsa e a falta de sonhos. Ao viver não olhamos e ao olharmos já não somos;

A estória é o que não foi como o poema de amores mortos ou pedras desabadas de grande altura sobre o mar. O momento mesmo já não é, pois o sexo do futuro se encontra no dia solene do nascimento de Lilith... e na morte de todos que vieram, não das nuvens, mas da Terra, grama pisada, árvores mui doces e rios de metal e luz.

Os animais permanecem em sua pena constante, oriunda do esquecimento total... o esquecimento de tudo o que virá = sede, fome, amor e morte... do fogo e do cometa.

Nós, no entanto, temos gravados os caminhos e as árvores espinhosas, as quais, cegos e insensíveis, os que amamos passam sem tocá-las.

As nossas nuvens e chuvas que levam nomes de fogo e medo e a solidão de peixe de alto mar, não são as mesmas da irmã, da filha e daquela que amaremos.

O nosso retrato, onde vemos logo espelhada a alma do ser amado, e os olhos que veem o que queremos ver e a doce música da coroação de rei e sábio e a permanente e intensa luz que exaure a donzela nubente e, sobretudo, o voar pastoso e musculado dos olhos que olham os olhos do retrato que

        é nosso
        é nosso
        é nosso

e não daqueles a quem amamos
e a quem perdemos em nós mesmos
nas montanhas e cavernas do grande deserto,
na solidão de nosso retrato.

Dentro de um quadro vermelho, as orquídeas que brotam, aranhas neolíticas, fósseis vivos relembram os começos – e morte era então a dos outros e a origem era então solidão. Todos nasciam de si mesmos e a vida da flor: sem perguntas alongando-se tal raio de luz pelo mar adentro.

Nem ruídos – somente as pedras caídas – ou as árvores feridas que tombam. – As vozes eram terra e arrotos minerais tomando as formas da vida.

Quais os vulcões que não se lembram do tempo dos tempos, aquele em que a luz era o fogo intestino e sua fome se alongava por enormes planícies?

Qual o vulcão que se esquece das suas esculturas passadas: os castelos brilhantes de lava, as árvores e florestas inundadas, os peixes em alto relevo e daqueles momentos imemoriais em que outros mundos nasciam?

Por quanto tempo as praias se coalharam pelas tentativas do homem? – eram cobras, répteis, plâncton, origem de todas as origens. Eram águas iluminadas pela vontade e ordenação do que viria. Em todos os tempos ou em tempo algum o mistério conformava argila viva, a que tornaria a forma predisposta – a forma que os próprios ventos moldavam e a natureza da luz conformava.

Pois se ao nascer o fogo – fogo já havia – e ao nascer o ferro – ferro já havia – e a própria ideia – já era cometa em pleno dia.

Pois se a flor e a aranha – já havia quando a morte que as tocou era mais antiga que o início de todas as mortes.

Pois se o saber iluminado – aquele que se tem do agora – já havia antes de existir – herança permanente de todos aqueles predestinados para o seu próprio fim.

Algumas flores sobrenadam em acre odor de sexo jovem – pífaros sonantes em ralas florestas tão antigas como o sentir de pele e água – já tão triste e tão amargo como carne estraçalhada.

Somos antigos e eretos – sabemos cheiros e sabemos ódios – sabemos tudo para o amor – o líquido espesso e o possuir sem ter; o sangue dormido em vaso de orgulho e a manhã simples pergunta – eco – pergunta – eco – ruído. A volta ao leito branco e sem lágrima. – Amar. Voltar.

Teremos a inconsequência das paralelas e as mulheres, sempre duas; que se ajoelham tão desnudas como se estivessem de olhos vendados e o inconsútil lhes fosse retirado; e mais desnudas, abertas em galáxias, e suas nudezes cobertas enfim pelo esquecimento e pelo vento.

Algumas estórias que ficaram recolhidas, tal istmo ou ilha alongada, quebrada enfim pela maré, lembra sempre corpo e ancas, respostas sabidas.

Perdida a esperança de reaver nosso corpo, jazigo insondável de perdidas lembranças...

Cheiros de terra – amor e morte – em nevoeiro, negras serras, nos amortalhamos em espasmos.

Eco – pergunta. Eco – ruído.

Ouvi-me, donzelas multicores, ouvi-me pedras negras no fundo rio.
Calai trombetas malsãs e euforias de inverno. Ouvi-me todos, pois
quero falar da morte, da tua morte, oh passante, sem aflição do mar.
De tua morte mesma, oh descoberta dessa manhã que ainda não
findou, manhã de unção e trovoadas, manhã bebida pelas estrelas e
por lágrimas que tombam no canto entreaberto de nossas bocas.

Escutai:
a morte que me matou em tentativa frustada de sobreviver.
O adeus é clangor de escondidos metais do morto ao matar e dizer
adeus.
Sei apenas que não há dor. É como ilha no centro de vento e mar
ensurdecedor.
Mas não há dor.
Existe espera, humildade, do medo e saudade de um projeto dos
olhos e do coração indolente e irrealizável. Mas não há dor.

Todas as cores tornam-se luz, e as roupagens de todos os tempos
e história resumem-se em nudezes petrificadas. A mensagem é
incorruptível e a voz é a mesma que milhões de anos ensinaram a
obedecer.

É aprendizado sem construção o da Palavra que obedecemos.

O grande relógio é o derradeiro espaço de tempo que assume a
dimensão de meu morto e o ama como no momento em que o

primeiro ar frio penetrou sua boca recém-nascida. Depois já não era amor.

É como o início do movimento da semente quando a terra se abre onde era antes poeira pardacenta. O meu morto descobre a flor. De minhas mãos estendidas e dedos infrutíferos passa o morto para as do Senhor. A figura humana se prosterna dentro de túnel coalhado de névoa.

Por que, Senhor, nos fizeste tão próximos a ti e te rejubilas em nossos caminhos?

Por que, Senhor, nos deste configuração de anjos e nuvens e a dor do teu conhecimento?

Seremos teus desígnios, e nossos instantes espera do Grande Dia, música de teus olhos.

Dai-nos, Senhor, a ti mesmo nos momentos de entrega de nossos mortos em teus braços abertos e que nos sustentam.

Mas por que era uma noite calma ou quimeras de mundos já sufocados, e no entender de Jasão: apenas o começo de mulher amada? Não! Não?

Ou seria a catástrofe do filho perdido, ainda vivo mas em mares tão distantes... Tão distantes quanto o alento do pai já morto.

Por um momento não triste, lembro a tristeza como coisa e sem medo descubro a tristeza. Por um momento de desamor, lembro do amor objeto antigo ou planetário (sempre relativo na distância e no lembrar) e sem medo e sem plano...

Volto meus olhos para o velho tronco de árvore num bosque da Galileia, por onde o vento me toca o rosto de profunda sabedoria e alguns sons... Jamais os meus sons que antigamente eram números e agora nuvens cosmogênicas... e agora ideário das fugas. Mas por que todas as fugas: a de Troia em céu de trigo e alcaçuz; a do Egito que me trouxe o pão da luta; do fundo do mar e que Poseidon, meu irmão e amigo, era orquestra em silêncio branco como silêncio; dos astros já entregues a meus filhos como herança do Senhor; a dos cantos dos dias louvava cada hora como essencial e cada repouso como lamúria, a fuga dos gestos pensados, em segredo de pré-sonos e que colimava em profundos olhares daqueles que habitam outras terras. Todas as fugas são o caminho de ida do derradeiro país: aquele sem sonhos! Ao dormirmos não nos tocaremos e nossos olhos verão sempre a mesma imagem... donde não mais fugiremos.

Hoje é apenas o revolver antropofágico, dos olhos e dos tambores ocos como o fundo das florestas e das palavras cuspidas tal lava fervente. É ainda o dia em que os livros se incendeiam em vermelhos e sépias – quadrados invisíveis, e dos quadris imensamente redondos como a abóbada celeste. É ainda o meu dia, o de hoje. É ainda o dia das quimeras!

O vento é sangue de todos os homens. Existe somente em relação às coisas e, ao dormirmos na caverna, o vento morre.

O vento é os cabelos do mar e as vozes das árvores. No entanto, em certas noites de lua, ele se transporta para outros mundos.

Por não existir, é apenas estória. Conta-se de grandes tempestades ... navios, cidades, esperanças, pássaros de todas as cores... São estórias.

O vento jamais nasceu. Sua origem é a Palavra. É tudo aquilo que não é: como a própria obra do homem.

O vento, no entanto, é permanente e essencial. Ao término da vida ele continuará como início e expectativa da nova Palavra.

O vento é também a dança de onde germina o ato de amor.

A enchente ao chegar, rompendo as circunstâncias, é placa de vidro e planuras.

A enchente é palavra essencial vomitada de boca de gargântua. Ao ignorar o vento e o mar, torna-se pele de mil mortes.

A enchente não é dúvida. Afirma, determina e come. Todo o seu organismo é feito de terras, árvores, casas e homens mortos.

Ela não se olha e após digerir os vales e as encostas adormece sem gritos ou convulsões. Não tem cores ou reflexo. É como um trecho do espaço entre Netuno e Plutão. A sua orgia é um vácuo de onde nascerão mundos de paz e choros.

A enchente era enormes capinzais ou trigais ou campos extensos de gado e avestruzes ou, ainda, minas em céu aberto que fabricam máquinas, ou, ainda, praias brancas e vermelhas olhadas por colinas distantes.

Ao fim de seu ciclo, a enchente é riacho transparente ao lado de árvore copada onde homem e mulher se reencontram.

A manhã é grito fugido de caverna. Não é início. É fim e portanto começo. É morte da Morte e portanto nascer e início. Ao findar a ausência de nós mesmos (mas não a de quem amamos), encontramos o ar fino vindo do mar e a montanha desdobrada em sombras, permanente como o sempre e a surpresa. Os pés são jovens anjos, porém o coração é de terra amarga e, ao levantarmos os braços em cumprimento ancestral, encetamos desconhecidas obras. – O que sabemos além da surpresa?

Jonas o viajor, que ao fugir da Palavra a cumpria. E a Palavra que, por ser margens de um rio, jamais chegará ao mar derradeiro como as águas de luz e piedade.

A manhã é o passo derradeiro do animal em corpo de ouro e de flecha que o conduz a noite final.

O sorriso nasce da lágrima e a lágrima torna-se sorriso... a ideia torna-se palavra e a palavra sorriso e o sorriso torna-se lágrima.

nascido da ideia e morto pela palavra que deveria ser ideia que criou nações de homens que criaram sorrisos e se mataram pela ideia que criou lágrimas...

lágrimas que criaram toque de mão, feita pela ideia, que criou mãos que criaram corpos que criaram corpos que criaram toques de mãos em lágrimas que se tornaram ideia...

ideia que foi palavra que transformou as mãos em corpos que despedaçaram o sorriso que criava ideia que criava lágrimas...

nascidos da palavra e mortos pela palavra que não mais criava ideia os corpos que se separam criam a lágrima derradeira, aquela que não será nem ao menos vento ou olho de pássaro onde lágrima jamais nascerá.

Pois se eu escuto: onde estavas, antigo e corrompido em céus de zagaias ou fundo coberto e surdo de tambor distante.

Pois se eu escuto: rompendo em fogo e em flor voltando, onde estavas: pés espatulados, focas vermelhas em neve de sempre cheirando o machado assassino.

Pois se eu escuto: multidão atravessada pelo raio e que se abre enfim em tudo que é violento: faca brilhando, cópula de sol e morte – onde estavas.

Pois se eu escuto: o mosquito em noite clara prenúncio do choque final – onde estavas.

Palavra clara e insofrida de todos os ouvidos ternos que se preparam para ti e onde o encontro do sempre e de hoje é apenas luz – é apenas luz
      [é apenas luz.
Onde estavas que me deste a esperança de te saber e de te dizer e da confirmação?

No rosto suave de jovem mulher, no quadro escarvado por talha e por tempo, na pedra conforme o destino das mãos, nos vidros e máquina, nas coisas tocáveis ou nuvens medrosas que se esfacelam em montanhas, aprendemos tudo do encontro e da espera.

Nos livros abertos, leito de lágrimas, gravuras perdidas em cidades medievais como aquelas destruídas por torrentes de lava ou então escadas sem fim, viagem encetada no dorso de pássaro, amigo e irmão, eu sei do encontro e da espera, eu sei do suave manuseio da palavra escutada e dos olhos azuis da verdade.

"A hora mais escura da noite é a que precede a aurora".

... quando, certa vez, panos tolhidos, quarto noturno, em rota antiga, em redescoberta da estrela permanente – a voz e o vento (rosto, ouvidos) falaram do astro que nós somos, das águas batidas, cascos sonoros, grelhas profundas, razão subconsciente de nossa segurança e do nosso caminho; sexo terráqueo em águas abissais.

Todas as memórias, mesmo aquelas anteriores ao tempo, ligadas à roda do leme: os pequenos gemidos de meus mortos; toque e mulheres que amei: volta ao centro de tudo – reflexos brilhantes das estrelas, os seres que nunca foram, o movimento de albatroz e cormorão no mergulho ao peixe de passagem.

Era a hora mais escura, aquela que precede a aurora, quando a busca não mais aflige e o abismo já ultrapassado (pois se bem que os pés não repousem na luz azul da terra, os olhos já estão aquém da muralha).

Foi nesta hora que a presença pastosa das coortes me cercou em silêncio. Eram as águas que gritavam. A solidão iluminada em lágrimas e os mesmos pássaros noturnos.

Tive a palavra e ouvi a palavra e em segundos voltei ao começo e ultrapassei o fim de meu tempo.

Pois este foi o início daquela centenar estória que propus contar aos pássaros da noite e às belas virgens de longos cabelos. Todos me prometeram silêncio e atenção. – (É este o óbulo do bardo, daquele que viveu em outros mundos e que agora atapeta o chão macio com terra fértil, sangue, guerras, mar, flores e todas as estrelas, mesmo as já mortas).

Pois foi, ao nascer daquela aurora, que eu propus à mais bela entre as belas, o mais lindo canto de amor e a descoberta de cada recanto de seus cabelos e olhos, lentamente tocado pelo raio solar único e límpido, coado, filtrado, lavado, pelo tecido de meu canto.

Pois se o canto é a estória da aurora e a aurora é a filha do ocaso – o nascer contém a morte como a luz, a noite... e o canto que vem borbulha do silêncio pesado, sexo consumado mas ainda assim expectativa assustada de amor.

Eu diria – audiência ilustre – perdoai as licenças, tropeços e intempéries por onde vos conduzo.

Ao cansaço da estrada, aponho a fonte límpida e fresca em todos os momentos de repouso. À dor da feia imagem contraponho o gesto de amor e refúgio de um coração imenso. Ao medo e asco, ao terror inconsútil vindo das estrofes que viajam por mortes e feias guerras – gentil amigo e doce amada – eis o prêmio maior de meu canto – ao elevares os olhos, amor redobrando, a descoberta da aurora e o esquecimento do medo sentido na hora mais escura da noite...

Em dois tons, inseto esquelético, fóssil de si mesmo e o resguardo em que se encontra o antepassado.

Em dois tons, a máquina da mudez e dos encanecidos, formato de livros ímpares e de prateleiras arrumadas.

Em dois tons, pequenos tons que se misturam em grânulos de areia, tons que fugiram de um ar venusiano, tons levíssimos como aqueles apenas lembrados

e que me diriam, se encontrados, as formas ainda uma vez as que já não quero, e as que, mais toque do que som, poderiam ter chegado um dia a ser eu mesmo

e que se debruçam e circunvolvem no apetite do pré-amor sempre no "mais voltar" e só para quem os vê
e que seriam tarjetas negras em mãos invisíveis
e ataúdes ebúrneos sobre caminhos de muito sol.

Pois se escutá-los indica o término e o dia, a variante e a estrela que deverá ser salva de entre as pedras e os rochedos.
Pois se não amá-los é como assistir ao fechamento do último círculo e resignar-se à viuvez da relva e dos matos pouco espessos.

Diremos que um som e outro som, tom sem tom, leva vento, antúrios, lírios e que, longo fio, dedos e dedos antigamente cortados, seríamos a arquitetura da qual fugiríamos.

I

Aqui, a morte na vida
    e a vida na morte,
    o ponto, origem do círculo
    e o fim do círculo: o ponto.

Traço no mistério
    o sentir do mistério,
    labirinto sem regresso
    som percutido, que volta.
    (A maré é gentil sobre a rocha
    – mas no beijo úmido e longo
    transforma-se em ventre
    e a leva ao fundo do mar).

Traço no véu
    que separa dois mundos
    o caminho que leva
    meus olhos a outrem.

Começo antes do começo
quando existir não existe,
e a intenção de ser:
esperança de alguém
que poderia ser eu.

Ou começo depois do fim,
quando o barco já passou
e o sulco no mar, desfeito,
torna-se imagem sem reflexo;
oco fonte de oco.

Começo – sou – acabo.
Renasço e morro.

II

É a ilha, alaranjada,
      ensolarada e cômica,
        silhueta marrom contra o vento.
E ninguém...
Depois a luz.
E outra vez vivermos
      sem ilha, sem vento,
      com muita gente,
e sem ninguém...

A claridade é tal que não mais vemos
      o soluço
      o grito.
Fica apenas boiando nas ondas
o náufrago, nadador e viajor,
que volta do útero do mar.

Mas para quê, se já morreu tantas vezes?
Para correr pelas ladeiras da cidade?
Derrubar florestas de ontem
ou morrer outra vez...

III

Por que dormir em teus olhos
vestidos de manhã?
Teu gesto é de lonjura
e despedaça o riso.
Estarás voando na direção do vento
quando teus cabelos se soltarem
e caírem nas minhas mãos.

Não posso te ver chegar:
tua passagem é permanência no infinito,
    mar sem areia,
        adeus sem conhecer.

Ao ver a estrela cadente
tombar dos olhos de alguém
dancei ao redor de uma árvore
de mãos dadas com ninguém.

Se agora meus passos dormem
é por já ser depois
e ainda não teres sido.

Mas, por ser em ti, sempre serei:
pois quando não mais for,
também já terás ido.

IV

Por que a morte, o ser absoluto, que engolfa todos
 os mistérios, e os sonhos materializa?
Em sua presença os espíritos não mais se comunicam,
 todas as opções tornam-se muros, todos os matizes
 cristalizam-se em branco, todos os
sons concentram-se num longo e agudo silêncio.

Todos os passos secam no caminho.

No entanto, bela é a visão, quando no tempo o tempo se une, e a noite escurece,
e o indefinível soluço da madrugada torna-se choro permanente.

Este, o verdadeiro fim:
 saberemos que não mais haverá o choro
 e não mais poderemos recomeçar –
 a manhã não chegará
 e não teremos outra noite,
 e não teremos outra morte.

V

 Construção de outro mundo,
 outras curvas recobertas
 de montanhas serenas,
 que nascerão no depois.
 Dormir em voo de glória, boiando como estrela
 no escuro denso da carlinga.
 Chegar ao infinito,

mensurável e dinâmico;
chegar ao fim da reta,
como se a reta fora ponto.

Máquina de fugir ou descobrir:
    a boca lapidada
      digere o espaço entre Eu e eu
    anotando reações.

VI

Ainda não disse
o verbo ou o teu nome.

No dia em que nasceste,
tua face era vazia e nua,
de teus cabelos escorria tristeza nova
como se fora chuva escura.

Eras a árvore no deserto
e eu o único viajante.
Tuas folhas caíram
guardando-me contra a noite.

Eu ainda não disse
o verbo ou o teu nome.

Sei que existes,
mesmo imagem distante.
Existes e sobre-existes aos ventos
que te carregam para não mais.

E tu não voltas
(porque nunca te foste!).

Os habitantes dormem.
E, antigo leito de meus sonhos,
só tu continuas.

VII

Entre miasmas e vitórias-régias,
pêndulo inconsútil mas vibrátil,
elejo-me permanência e caos,
eixo do mundo e o próprio mundo.

A figura de sonho
se transforma em cisne,
pássaro voando, voo impossível
sem intenção de terra ou pouso.

Será passado o tempo dos vivos
e no tempo dos mortos, dormindo,
saberei que não sou
e que já estarei esquecido.

Mas ao morrer não estarei morto,
pois à madrugada retorno,
e por não saber que estou vivo
não saberei que estou morto.

Senhor do desenho irreal
    e da explosão redonda
    que olhas de longínquo recanto
    a harmonia falaz e os conceitos de porvir.

Senhor, que és paz e em paz deixas construir
    o que foi
    o que é
    o que será.

Senhor de mim e da poesia que descobre
    o senhor; que escreve minhas palavras
    antes delas serem; que lê meu gesto ainda não feito.

Senhor que és o que será:
    envolto em ti, aguardo-te.
    E se te aguardo sendo eu
    és tu o que serei.

Por que, Senhor,
é esta máquina que te aguarda,
invadida por tua vontade,
e pelo infinito sentir de tua ausência?

Por que, Senhor,
este círculo que não se fecha,
este sólido sem contextura,
elipse sem foco, reta sem infinito?

Senhor das origens,
tua vontade onipresente, música,
permanência, configuração do tudo,
Senhor do fim e do Depois,
dói-me o destino a que me destino
doem-me as mãos e a tua lei
doem-me ouvidos que te ouçam
e olhos que só enxergam teus caminhos.

A onda, serpente verdoenga,
envolve meus olhos submarinos.
Encanto de carícia gélida e mortal
esconde o embate entre a pedra
e o homem

que luta contra o mar e nele mergulha
fuga do onírico e sua presença,
função de neblina com o túmulo.
É a morte do vento. É a morte da rosa.

Fujamos para além do caminho
     onde, sensibilizados nossos pés, seremos preamar
     sem destino ou limite de terra,
     areia contínua esbranquiçando
     horizontes de algum dia o ser.

Fujamos, pois não somos. Olhai os
     pobres homens caminhando na estrada
     do dia; mergulhados
     na noite sem princípio, aguardando
     a morte sem ao menos terem nascidos.

Fujamos para a glória da luz,
     desnudos para o Senhor, que nos
     contempla desnudos, simples para o Senhor,
     que nos vê simples, silenciosos para o Senhor,
     que sabe todas nossas palavras.

Fujamos com nossas mãos e nossos olhos
     para a planície da paz onde encontraremos
     crianças que não sabem o amanhã
     pois nunca escurece. Lá poderemos
     deixar nosso corpo adormecer.

Ao me dares destino
recebe-me todo.

Tua é a glória, ó Senhor.
Canto, pés descalços, cabelos de chuva,
tua é a glória, ó Senhor.

De meus ardidos olhos já antevejo
o dia do triunfo de teu nome
o dia do fim de meus dias,
em que beijarei exaurido
o coração infinito
que és Tu
que sou eu
que são todos os meus mortos.

Tua é a glória, ó Senhor
de meu destino curvado ao teu nome.
Tua é a glória, ó Senhor.
Que de mim venha teu amor
e o incenso de tua vontade!
Que minhas mãos purificadas
encontrem o objeto dos desejos perdidos.

Que minha boca ora amarga
e meus lábios colados de sangue
encontrem a flor que alimenta
e a música para entreabri-los.

Já escrevo Teu nome
em letras de ouro.
Ao me dares destino
recebe-me Todo.

Prece (máscara)

I

Em meu ocaso
    vi-te
surgir de entre guirlandas
    Senhor
(Alcançar meus desígnios sem possuir-te?)
Ser-te-ei fiel, embora seja curta a vida.
Concedei-me a graça de atingir-te
    oh dor.

Inefável argumento de tua beleza
que enraizarei um dia
em meu sangue ardido
    e esquecido
na penumbra da quase-morte
onde só Tu resplandeces.

II

Voltai-me para o oco
limitado pelos meus limites
cheio do meu próprio vazio
perfumado pelo esquecimento.

Teu som alcançou-me, Senhor,
e meu nada transformou-se em NADA.

Para onde convergir a adoração?
Ensinai-me o caminho da paz
por onde transitam Teus pés.

Então voltarei a ser, ressurgindo da morte
e Teu nome será o meu
e minha boca a Tua
e meu oco, Tua própria configuração.

Retorno

Pressinto o arfar de túmidas lágrimas de saudade e memória
de tua presença.

Não te choro pelo que me faltas hoje
mas pela estrada que me deste.
Salvaste-me, criando o pecado e a mim concedendo-as, pesada e
agrilhoante.

Bem sabes que a contingência humana
que nos desfalece no limiar da luta
é fraca para conter a sede de luz
que tu me concedeste.

– Jamais terei vida fora da estrada
pois me ensinaste a presença
sempre a presença
dos olhos
das pernas
sempre a presença
no mais do que eu
no dia, na noite.

Ensinaste-me a presença
em todos os seres que passam
e em todos os seres que ficam.

Não fora a luz e a solução
e já agora eu não mais existiria.
Tu não me faltas, pois sei onde estás.
Mas deixa-me chorar. Não é por ti.

É pela estrada, que sendo bela é terrível
que sendo suave é amarga
que sendo curta parece infinita.

É pela estrada que me deste
e que me levará a Ti.

Choro também porque és só meu.
Não posso ensinar que Tu existes
e não posso gritar que Tu és a verdade.

Por que me deste um caminho
que só meus passos podem percorrer?

Peço-te:
– Dá-me também a força
na solidão de meu percurso,
até o momento de encontrar-te.

Oh, como sinto, e choro que só a mim
quiseste salvar!
Qual o pecado de Teu povo,
qual o crime sem perdão de Teu povo?
Oh! Por que não quiseste também salvá-lo?

Sei que o homem é fraco para transmitir
toda a mensagem do Senhor
e Tu escolheste a mim, indigno de tua confiança
para ser portador da luz
e dizer a verdade
e construir a verdade.

Serei até onde Tu foste
pois antevejo a claridade e a música
de novamente nascer de Ti e contigo fusionar-me
para engrandecer nossas origens
e tornar-me Teu irmão.

Pranto e vivas são minhas lágrimas
por saber agora que criaste
meu destino e deste-me o encargo
do pecado
para que, redimido, novamente Te encontrasse
em luz
e em eternidade.

CARTA AO MEU EDITOR

Prezado Zé Mario,

Há tempos, você e um pequeno grupo de amigos vêm insistindo para que eu permitisse fossem publicadas as minhas poesias dos anos 60, 70 e 80, guardadas sigilosamente, por timidez ou insegurança. Finalmente, você venceu!

Minha curiosidade literária agudizou-se na adolescência e eclodiu na maioridade, leitor compulsivo que era de filósofos tais como Nietzsche, Schopenhauer e os gregos, além dos poetas escritores nas diversas línguas que eu dominava. E sempre foi na poesia que encontrava minha forma preferida de expressão, aquela que me completava.

Fui, naqueles idos, incentivado e orientado por um grande amigo de meu pai, Augusto Frederico Schmidt, que se tornaria o "guru" dos jovens intelectuais da época. Seus aconselhamentos o transformaram no catalisador da minha geração, e sua visão política e econômica de um Brasil maior nos orientava e nos entusiasmava. Isso veio a se consubstanciar na participação do nosso grupo de jovens no governo de Juscelino Kubitschek, através de Schmidt, não só trabalhando no programa de metas e na criação da Sudene, mas também como *ghost-writers* de muitos dos discursos pronunciados por aquele estadista, tarefa que teve continuidade em outros governos democráticos. Quantas foram as obras, hoje esquecidas e relegadas a segundo plano, de jovens poetas da minha época!

Todos nós circulávamos em torno de Schmidt, Jorge de Lima, Murilo Mendes, Manuel Bandeira, Carlos Drummond de Andrade e tantos outros. A memória que sobrelevava aquele grupo – e em especial para mim, pessoalmente – é a de Augusto Frederico Schmidt, o tonitruante, o obeso grandioso. Sua generosidade em palavras e atos, seu paternalismo, nos deram força e orientação para uma vida intelectualizada, libertária, focada no conhecimento, na ação pública e privada, e no gosto pela boa literatura.

Ainda muito jovem fui para a França, pois minha mãe, de origem francesa, me dera, entre suas benditas heranças, a língua mater, o francês. Isso me permitiu uma universalização, através de caminhos que percorri durante toda a vida. Em Paris, fui influenciado pela sabedoria de Daniel Halévy, já muito idoso, e sua obra fundamental: *Essai sur l'accélération de l'histoire*. A seguir, a presença e os ensinamentos do pensador Raymond Aron vieram a formar o elo entre os mecanismos de compreensão do processo evolutivo da História e as ferramentas que nos permitiam pensar o futuro. De certa maneira, isso também redundava em poesia, na curiosidade metafísica, e em todas as formas de expressão da *intelligentsia* daquela época.

Ao mesmo tempo, fui tutorado, durante a permanência na França, pelo então secretário da embaixada brasileira, João Guimarães Rosa. Ele era amigo de minha família, por parte de mãe, e vivera em Belo Horizonte na casa de meu avô, onde, sem nunca ter saído do Brasil, conhecia Paris melhor do que qualquer parisiense. Não apenas herdei sua amizade como também usufruí de sua paciência para ouvir-me, ler para mim, me incentivar. Tenho algumas cartas preciosas que ele me escreveu, orientando-me nos primórdios de minhas experiências literárias. Já de volta ao Brasil, estávamos frequentemente juntos em seu pequeno escritório no Palácio Itamaraty. Guimarães Rosa me aconselhava, me paternalizava, e essa amizade é uma das maiores preciosidades de minha vida.

Para mim, a poesia sempre foi um gancho que me ajudava a compreender o mundo e a condição humana, além de me acrescentar "atos de graça". Por outro lado, minha ansiedade de participação no mundo real, através das diversas atividades a que me lancei, estava intimamente ligada ao sentido de responsabilidade coletiva herdada de meu pai. As raízes culturais de minha família sempre representaram uma âncora com a cultura de meus ancestrais judeus: um, imigrante lituano; o outro, bem-sucedido aristocrata francês, instalado em Belo Horizonte. Eles sempre me fizeram olhar o Brasil como parte de um universo intimamente ligado aos benefícios e às crises que ocorrem no planeta Terra – e estes são, até hoje, os sinalizadores da minha navegação política, econômica, social e cultural.

Devo te dizer que nunca houve conflito entre as diversas maneiras que escolhi para me expressar, seja a poética, o discurso acadêmico, ou os trabalhos que me deram oportunidade de participar de diversos eventos, em várias partes do mundo. Quando o chamamento interior me levava a extrapolar meu pensamento e minha ansiedade sob a forma poética, escolhia o verso longo, por ser um formato dentro do qual me sentia livre para expressar os sentimentos que extrapolavam o físico, o tocável. Isso, no entanto, nunca me permitiu abrir mão de um ritmo que complementava a cadência poética, e que se tornava mais impactante que o de uma prosa fluente.

Minhas leituras me levaram a admirar poetas como T. S. Eliot ou Walt Whitman, além dos franceses, como Charles Péguy. Lembro o impacto forte que senti ao descobrir o estilo de Saint-John Perse, laureado com o Nobel, e enveredar por algumas de suas obras-primas, infelizmente tão pouco conhecidas. Da mesma forma me comove, até hoje, a leitura dos salmos, do "Cântico dos Cânticos" e de alguns trechos poéticos da literatura religiosa, o que também muito me influenciou no passado, e influencia até hoje.

Como você vê, meu caro Zé Mario, o ser humano, ao procurar compreender sua presença no cosmos, busca diversas formas de expressão, como a poesia, a música, as artes plásticas. Através delas encontramos o diálogo metafísico com a eternidade e a liturgia da transcendência.

Agradeço a insistência de já tanto tempo para que eu libertasse essas minhas experiências poéticas, ainda que eu não tenha nenhuma pretensão quanto à sua profundidade ou importância literária. Isso é o que me faz pertencer a uma espécie que procura constantemente ultrapassar os próprios limites. Vamos continuar saltando sobre as nossas fronteiras, tentando eternamente ser parte de um Todo.

Abraço do seu velho amigo,

Israel

Este livro foi impresso na Edigráfica.